SOUVENIRS

POÉSIES

PAR

VICTOR DERHEIMER.

PRIX : 2 FR.

PARIS.

LEDOYEN, LIBRAIRE,

Palais-Royal, galerie d'Orléans, n. 31.

1855.

SOUVENIRS.

—

POÉSIES.

Paris. — Imp. de Pommeret et Moreau, 17, quai des Augustins.

SOUVENIRS

POÉSIES

PAR

VICTOR DERHEIMER

PARIS.

LEDOYEN, LIBRAIRE,

Palais-Royal, galerie d'Orléans, n. 31.

1855.

UNE REINE MARGUERITE.

Crois et grandis vite,
Ma gentille fleur ;
Grandis, ma petite
Si belle en couleur.
Ta mine coquette
Et ta collerette
Simple et mignonnette
Parlent à mon cœur.

Le printemps arrive,
La rose fleurit,
Et près de la rive,
L'enfant joue et rit.
Nulle fleur n'égale
Ton simple pétale,
Dont l'odeur s'exhale
Au soleil qui luit.

Hâte-toi d'éclore,
Montre ta beauté
Que relève encore
La simplicité.
Délaisse la plaine,
Viens dans mon domaine
Pour être la reine
Des fleurs de l'été.

STANCES.

———

Dix ans sont écoulés dans l'espoir et l'attente :
Pourquoi n'est-elle pas en ces lieux de retour?
A son fils qui l'appelle, oh ! combien elle est lente
    A prouver son amour !...

Dans mes rêves d'enfant son image séjourne
A mon humble chevet ; et quand revient le jour,
Elle part aussitôt, et ma mère retourne
    Au céleste séjour !...

Tantôt je l'aperçois comme en un jour de fête ;
Sa chevelure exhale une enivrante odeur,
Et le cercle d'azur qui couronne sa tête
          Anime sa pâleur !...

Oh ! qu'il me serait doux de parler avec elle,
De presser dans mes mains sa faible et tendre main,
De lui dire : « O ma mère !.. » et de la trouver belle
          Encor le lendemain.

LA PRIÈRE DU SOIR.

1re VOIX.

Déjà l'ombre s'avance,
Et la brise la suit;
Des cieux la nuit s'élance,
Et Phœbus, en silence,
Se dérobe et pâlit.

2e voix.

Entrons au sanctuaire
Et sachons y prier,
A cette heure dernière
Où tout va sur la terre
Renaître ou sommeiller.

3e voix.

Recueillons-nous : on prie
Dans une sainte ardeur,
Et l'âme, en rêverie,
Au doux nom de Marie,
Joint celui du Seigneur.

4e voix.

Fidèle à notre exemple,
L'enfant est à genoux;
Du regard il contemple
Sur l'humble croix du temple
Jéhovah mort pour nous!

5ᵉ VOIX.

Voilà la voix du prêtre,
Ecoutons ce qu'il dit :

LE PRÊTRE.

Que Dieu qui vous fit naître;
Votre roi, votre maître,
Soit seul en votre esprit.

TOUS RÉPONDANT.

Sur nous Jéhovah veille
Le matin et le soir.
C'est lui qui nous conseille,
Et chacun se réveille
Content sous son pouvoir.

LES ENFANTS.

O doux Seigneur que j'aime,
Veillez sur moi toujours;
Pardonnez l'anathème,
Pardonnez le blasphême,
Et prêtez-moi secours.

LE PRÊTRE.

Prions, peuple fidèle,
Pour qui n'est pas pieux :
Une âme qui chancelle
A besoin que pour elle
On invoque les cieux.

A MON FRÈRE.

Quand mon esprit rêveur s'agite et se tourmente,
Toi, tu restes paisible à regarder l'oiseau,
Qui, léger dans son vol, court effleurer la pente
Du limpide ruisseau.

Quand, tout bouleversé, je cherche au loin la rime,
Tu rêves en silence à l'éclat du soleil,
A l'ombre de la tombe, aux débris de Solyme,
Aux douceurs du sommeil.

Quand, sur un vers plaintif, j'exhale ma tristesse,
Tu vois à l'horizon un coucher merveilleux,
Et tu passes ainsi ta plus belle jeunesse
        A contempler les cieux.

Quand, du matin au soir, j'ai l'amour fou d'écrire ;
Oui, mieux que moi, tu sais employer tes instants ;
Et tu n'as pas besoin de muse, ni de lyre,
        De cordes, ni d'accents !

Dans la nature en fleur ta jeune âme s'enivre ;
Dans les jeux d'un enfant ton cœur trouve un miroir,
Ou bien des souvenirs... au moins toi tu sais vivre,
        Et tu me le fais voir.

Mais quand on rêve ainsi, pourquoi craindre, mon frère,
De confier au luth un air de son pays?
Ta moindre rêverie à mon cœur serait chère :
        Je suis de tes amis.

Ah ! frère, ne crains pas, viens partager mon siége,
Viens près de moi t'asseoir, et peut-être qu'à deux ,
Si Dieu nous aime encore et si Dieu nous protége,
        Nous pourrons parler mieux !.

UNE MUSE.

Quelle imprudente audace ;
Sans prévoir le danger,
Sans ailes, dans l'espace
L'oiseau veut s'envoler !
L'âme un jour soupirante,
Un tout jeune lecteur,
A la tête brûlante,
Mais au rire moqueur,

Au menton presque imberbe,
Au maintien indiscret;
Mais au regard superbe,
Malgré son corps fluet,
Pensa dans ses folies,
Que celui qui portait
Gants et bottes vernies,
Velours et soie, était
Ou devait bientôt être,
Poète ou prosateur,
Qui sait même: peut-être
Un jour ambassadeur...

Et sur ce, plein de zèle,
Il se met à rimer,
Et lance sa nacelle,
Au risque de sombrer.

Un cauchemar atroce
Assiége son esprit,
Qui, barbare et féroce,
Veut toucher au zénith!...
Il s'agite, il s'égare,
Il combat la raison,

Et sonne la fanfare
Du fifre et du clairon.
Il saisit une lyre,
Et donne aux vents mutins,
Chose à pouffer de rire,
Ses longs cheveux châtains !
Il est hors de lui-même,
Il se frappe le front,
Et, vrai fils de Bohème,
Il sue et se morfond !...
Puis il selle Pégase
Et s'apprête à monter.
Dans le feu qui l'embrase
Il veut déjà chanter ;
Mais trop lourde est la somme ;
Et, sans nulle façon,
Voilà bientôt notre homme
Mis hors de son arçon...
« Ah ! tu fais le rebelle,
Beau coursier des savants,
Et me cherches querelle,
Dans tes fougueux élans ! »
Dit soudain avec rage
Le jeune cavalier ;

« Mais j'aurai du courage ;
Il me faut un laurier...

— Bah ! un laurier, » s'écrie
Une Muse d'en haut,
« C'est de la raillerie,
Oh ! non, il est trop tôt ;
Rougis, cache ta honte.
Ah ! des lauriers à toi
Que Pégase démonte !
Quelle audace, ma foi ;
Va, reprends tes gants paille,
Ton gilet à revers,
Ta redingote à taille,
Et ne fais point de vers. »

C'est ainsi qu'une Muse,
A l'air assez hautain,
Dans sa maligne ruse
M'avertit un matin.
Cela n'est rien encore,
Mais l'écho d'alentour
Répète, à chaque aurore,
Aux passants du faubourg :

Va, reprends tes gants paille,
Ton gilet à revers,
Ta redingote à taille,
Et ne fais plus de vers.

A MON PÈRE.

Pourquoi fuir, image chérie ?
Pourquoi fuir aux yeux de ton fils ?
Quand ma voix t'invoque et te prie,
Comme un Dieu sur un crucifix !

Dans la nuit souvent je te rêve ;
Dans la nuit je pénètre aux cieux,
Et ma voix jusqu'à toi s'élève :
Je te trouve et je suis heureux.

Mais avec l'aube de l'aurore,
Image et songe, tout s'en va;
Tout se perd comme un météore
Tombé du front de Jéhovah!...

HUIT POUR UN JOUR.

—

FRAGMENT.

———

ANTIOCHUS à ses soldats.

Gardes, allez chercher et la mère et les fils,
Et quand vous frapperez, soyez sourds à leurs cris.
   (A part.)
Je veux exterminer, je veux être implacable ;
Oui, je veux qu'à jamais mon nom soit redoutable !

Je veux qu'on tremble aussi quand parle Antiochus,
Et qu'on le craigne encor quand il ne sera plus !..
Mon cœur est sans pitié, mon âme inexorable
Aux cris de l'innocent comme aux cris du coupable.
Plus je vois à mes pieds de ces Juifs expirants,
Plus je suis satisfait, plus mes yeux sont contents,
Et le jour où ma main immole une victime
Est un jour de plaisir m'offrant un nouveau crime !..
    (A ses soldats.)
Partez ; et devant moi qu'on amène en ce lieu
Cette mère et ses fils, si croyants en leur Dieu.

UN SOLDAT.

Et quand ils seront là, que voudrez-vous qu'on fasse ?

ANTIOCHUS.

Les tuer à ma voix ou bien leur faire grâce.

LE SOLDAT.

Il suffit.
    (Les Machabées paraissent devant Antiochus.)

ANTIOCHUS, avec férocité.

Je suis roi, je veux qu'on obéisse,
Sans le moindre murmure, à mon moindre caprice.

Un roi doit en tout temps user de son pouvoir
Quand un sujet s'oppose à remplir son devoir.
Je punis sans pitié ; rarement je pardonne,
Et j'affermis ainsi mon sceptre et ma couronne :
Chacun a sa manière ici-bas d'être roi ;
Chacun a son principe et sa maxime à soi.

UN SOLDAT.

Voilà les prisonniers au pied de votre trône ;
La clémence appartient à qui tient la couronne.
Dans votre vie un jour montrez-vous généreux,
Ne persécutez plus : ce sont des malheureux !

ANTIOCHUS.

Depuis quand un soldat a-t-il poussé l'audace
Jusqu'à venir parler pour cette vile race ?
Garde dorénavant de tels conseils pour toi,
Et ne sais qu'obéir quand parlera ton roi.

LE SOLDAT.

C'est pourtant un devoir...

ANTIOCHUS.

De ne jamais répondre,
(Désignant du doigt des chaudières d'huile bouillante.)
Ou ton être pourrait dans l'airain aller fondre.

2

Va chercher maintenant pour la mère et les siens,
De la loi de leur Dieu si rigides gardiens,
Ce mets qu'Eléazar, à mes ordres farouche,
D'une main dédaigneuse, éloigna de sa bouche,
Et viens leur en offrir.

(On présente aux Machabées des vases pleins de viande de porc.)

LES MACHABÉES.

Eléazar est mort !...

ANTIOCHUS.

Quoi donc, vous refusez !

LES MACHABÉES.

Nous préférons la mort !..

ANTIOCHUS.

Qu'on frappe sans pitié ces mécréants rebelles.

LES MACHABÉES.

Oui, frappez sans pitié des âmes immortelles.

ANTIOCHUS.

A vous ce fol espoir, mais à moi le plaisir
De tuer ici-bas et d'y faire souffrir !
A moi le trône ; à moi le droit de la vengeance...

(Avec force et rage.)

Un supplice, soldats, qui réponde à l'offense.
Percez, décapitez, non plutôt... arrêtez...
Qu'ai-je dit : Arrêtez... Oh ! non, jamais, frappez.
Les plus vives douleurs, je veux qu'ils les endurent,
Et que dans les tourments leurs âmes se torturent.
Arrachez-leur les yeux ; rompez-les par morceaux,
Et jetez à des chiens leurs restes en lambeaux !...

LES MACHABÉES.

Ecorchez, rompez vif, pulvérisez nos crânes ;
Inventez un supplice, insultez à nos mânes,
Nous n'irons que plus tôt à l'immortalité !...

ANTIOCHUS.

Ah ! vous persistez donc dans votre fermeté.

LES MACHABÉES.

Jusqu'à la mort !...

ANTIOCHUS.

Soldats, commencez le supplice,
Et, ne l'oubliez pas...

LES MACHABÉES.

Il veut qu'on obéisse.

ANTIOCHUS.

Ah ! vous raillez ; soldats, prenez-les un à un,
Et que chacun n'ait point un châtiment commun.

LA MÈRE, s'adressant à ses fils.

Si bientôt ici-bas nous fermons la paupière,
Dieu saura la rouvrir aux fils comme à la mère.
Ne craignons pas la mort ; n'hésitons pas, mes fils ;
Mourons dans notre foi, le ciel est à ce prix.

LES MACHABÉES.

Lâche celui de nous que la mort épouvante,
Et celui dont la foi paraîtrait chancelante !
Donnons-nous tous la main à l'heure du trépas :
Les cieux nous sont ouverts, dirigeons-y nos pas.

ANTIOCHUS.

Soldats, exécutez.
        (Le supplice commence.)

1er MACHABÉE.

            A travers la souffrance,
Je nie, Antiochus, tes droits et ta puissance...

ANTIOCHUS.

Arrachez-lui la langue !

1ᵉʳ MACHABÉE.

				Arrachez-moi le cœur,
Je ne fléchirai point et j'attends la douleur !
	(On le torture.)

ANTIOCHUS, avec impatience.

Arrachez donc, soldats ; qu'il meure dans la flamme !

UN SOLDAT.

Il ne peut y mourir : il vient de rendre l'âme.

ANTIOCHUS, avec frénésie.

Déjà !...

2ᵉ MACHABÉE.

	Mais je vis, moi ! Frappez, frappez, bourreaux,
Et sur mes bras sanglants ne laissez que les os.
	(Il marche résolument au supplice, on lui broie les membres.)

3ᵉ MACHABÉE.

Allons, Antiochus, c'est à moi : prends ma vie,
Si ta colère encore est loin d'être assouvie !...
Je présente ma tête à qui veut la trancher.
Viens, Antiochus, viens dans mon sang étancher
Ton désir et ta soif de meurtre et de carnage !

Ma mère, en me créant, m'a donné du courage
Pour attendre la mort, sans crainte et sans effroi,
Et te dire, en mourant : « Tu n'es qu'un méchant roi. »

(Antiochus donne ordre de le crucifier, et de lui déchirer
l. s chairs.)

4ᵉ et 5ᵉ MACHABÉES, s'adressant à leurs frères.

Mourons dans notre foi; méprisons cette terre;
Car Dieu saura venger et les fils et la mère :
Leur cadavre sanglant et leur cœur encor chaud
Demandent la justice et l'obtiendront là-haut!...

(Comme il ne reste plus que deux Machabées, le roi Antiochus essaie de les séduire. Leur mère vient aussitôt ranimer
leur courage.)

LA MÈRE.

Du Seigneur, mes enfants, pour entrer dans le temple,
De vos frères suivez le courageux exemple.
Repoussez loin de vous toute séduction :
Le résultat conduit à la perdition !...
Ah ! ne chancelez pas, la vertu qui chancelle
Perd toute sa grandeur et n'est plus aussi belle.

LES MACHABÉES, avec élan et force.

Bourreaux, immolez-nous !

ANTIOCHUS.

Vous voulez donc mourir,
(Les Machabées gardent un profond silence.)
Et rendre sous les coups votre dernier soupir...

LA MÈRE.

Je vous bénis, mes fils, mourez, je vais vous suivre :
Oui, pour mieux m'éprouver, Dieu me fait vous survivre.

ANTIOCHUS, avec dépit.

Soldats, finissez-en.

LES MACHABÉES.

Mon Dieu, secourez-nous,
Vous voyez les douleurs qu'on endure pour vous.
(On les jette dans les flammes, ils meurent en maudissant
Antiochus.)

ANTIOCHUS, avec contentement.

La mère reste encore !...

LA MÈRE.

Assouvis ta colère :
Qui massacra les fils doit massacrer la mère !..

J'attends ; mais souviens-toi que plus tu fais souffrir,
Plus nous avons de joie et de gloire à mourir !...
J'avais sept fils pour bien, tu m'en as dépouillée,
Va, par tes attentats, ta couronne est souillée.
Tu mens à ton pouvoir en nous faisant périr...
Mais ce que tu ravis, on peut te le ravir !...

ANTIOCHUS.

Ah ! c'est trop qu'une femme ose avec tant d'audace
Me jeter le mépris et l'insulte à la face.....
Gardes, c'est maintenant à vous de me venger :
Vengez Antiochus, on vient de l'outrager.

LA MÈRE.

Arrête ! Encore un mot, avant que je succombe,
Avant d'aller trouver mes enfants dans la tombe !...
N'entends-tu pas déjà la voix d'un Dieu vengeur ?
Ecoute ton arrêt, pauvre roi sans grandeur !
Le nuage s'ent'rouvre, et, du haut de la nue,
L'ange va te parler ; car ton heure est venue.

UNE VOIX.

« Selon leur action, Dieu juge les mortels,
« Et malheur à celui qui souilla ses autels !...

« Tu finiras tes jours, miné par la souffrance
« D'une lèpre cruelle, et tellement intense,
« Qu'abandonné de tous, et qu'aux tiens odieux,
« Pas un de tes bourreaux ne fermera tes yeux !... »
      (La voix se perd au loin.)

LA MÈRE, à Antiochus.

Dieu vient de te parler ! Rien ici ne m'attache :
Mes jours étaient à lui, je les lui rends sans tache.
      (Elle s'adresse aux soldats.)
Allons, envoyez-moi rejoindre mes enfants !

ANTIOCHUS, plein d'une nouvelle fureur.

Soldats, torturez-la....

LA MÈRE, interrompant Antiochus.

                  Du dernier des tourments !...
(Elle s'avance au milieu des cadavres de ses fils, et meurt
comme elle avait vécu !...)

SOTER

ou

LE CHIEN DU PÊCHEUR.

—

HISTORIETTE SIMPLE.

Autrefois habita
Près des rives du Rhône
(Comme on le rapporta
Ainsi je vous le donne)

Un pêcheur. Il avait,
Pour tout bien, un filet
Qu'aux ondes il jetait,
Dans les beaux jours d'automne.
Adroit dans son métier,
Il savait fort bien prendre,
Et même fasciner,
Endormir et surprendre
Le poisson, tout surpris
De se voir soudain pris,
Et dans un panier mis.
A la ville le vendre,
Il courait le matin.
Du fruit de son adresse
Il rapportait du pain.
Existant sans tristesse,
Du sort il se riait.
Avec l'aube il chantait;
Parfois même il entrait
Quelque peu dans l'ivresse...
Mais cela n'arrivait
Qu'une fois par semaine.

Avec lui partageait

Son modeste domaine
Sa femme, qu'il aimait,
Chérissait, caressait,
Enfin dont il faisait
Son idole et sa reine,

L'hilarité toujours
Etait leur doux partage.
Ils coulaient d'heureux jours,
En oubliant leur âge ;
Et faisaient consister
Le bonheur à lutter
De soins pour éviter
Ce qui gâte un ménage.

Dieu leur avait donné,
Aussi pour les distraire,
Un enfant câliné
Du père et de la mère.
Tout ce qu'il désirait,
Chacun le lui donnait ;
Car chacun s'empressait
Toujours de lui complaire.
Sa mère avait les yeux

Sur lui fixés sans cesse,
Dans son sommeil, ses jeux :
Effet de sa tendresse.

Le soir, sur leurs genoux,
Instants heureux et doux,
Les deux chastes époux
Instruisaient sa jeunesse.
« Sois sage, mon enfant,
Honnête dans ce monde, »
Disait l'un, en flattant
Sa chevelure blonde.
« Ecoute mes avis, »
Disait l'autre, « mon fils.
« Rien ici-bas n'est pis
« Qu'une existence immonde.
« Sache te contenter
« D'une modique aisance.
« Ne va point affecter,
« Tout gonflé d'importance,
« Les airs d'un grand seigneur.
« Fils d'un humble pêcheur,
« Ne prétends qu'à l'honneur
« Et non à l'opulence. »

Un soir, l’enfant jouait
Sur le bord du rivage,
Et des yeux contemplait
Des barques en ancrage :
« Pourquoi n’irai-je pas
« Aussi jeter des lacs,
« Et saisir par l’appas
« Le poisson au passage ? »
Dit-il. « Aussi je veux,
« Comme mon père, prendre,
« Par un temps orageux,
« Poisson pour l’aller vendre.
« En secret j’essaierai,
« Et lorsque je saurai,
« Tout joyeux, je dirai
« A mon père : Allons tendre
« Et jeter le filet. »

Jeune tête insensée,
Quel imprudent projet !
Bannis cette pensée.
Enfant, écoute-moi.
Oh ! oui, si tu m’en crois,
De grâce, garde-toi

D'une pareille idée !...
Le flot t'engloutirait !
Ton inexpérience
Bientôt t'apporterait,
Fruit de ton imprudence,
O déplorable sort !
L'agonie et la mort !
Pour toi, quitter le bord,
C'est perdre l'existence !...

Mère, veille sur lui !
O ciel !... est-ce possible ?
Sans mentor, sans appui...
Mais, hélas !... c'est terrible !...
Il vogue !... Arrête, enfant,
L'onde va grossissant ;
Reviens, jeune imprudent :
A mes cris sois sensible !

Mais que vois-je ? ô bonheur !
Vers cet enfant s'élance
Soter, chien du pêcheur.
Mon Dieu ! fais qu'il avance !...
Soter est son ami,

Et l'enfant aujourd'hui
N'a plus d'espoir qu'en lui :
Abrège la distance !...

De terreur je frémis !...
On excite ; on anime,
Des gestes et des cris,
Le chien sur la victime.
O joie ! il touche enfin
Au but ; l'enfant soudain,
Cru mort, lui tend la main,
Et ressort de l'abîme.

A son maître Soter
Gaîment alors présente
Son dos : était-il fier !...
La joie à l'épouvante
Succède en un instant.
Chacun est palpitant
De plaisir, et l'enfant,
D'une main tremblottante,
Légèrement saisit
Son bon ami d'enfance,
Auquel, sans contredit,

Il devait l'existence ;
De l'autre, il le flattait,
Car Soter attendait
Et Soter demandait
Cela pour récompense.

Quelques moments après,
Il touchait au rivage ;
Et l'enfant désormais
Promit d'être plus sage ;
Et ce, non sans raison :
Car la peur est, dit-on,
La meilleure leçon
Pour un enfant volage.

UNE BLUETTE.

———

Je n'attends ni laurier, ni gloire :
    Et j'ai raison,
Et je ne suis, veuillez me croire,
    Ni beau, ni bon.

La feuille qui tombe en automne
    Me rend rêveur,
Et l'oiseau que l'hiver moissonne
    Emeut mon cœur!...

Le réveil seul de la nature
    Sait m'enchanter,
Et le doux ruisseau qui murmure
    Me fait chanter.

Dieu m'a défendu la calèche
    Et le laquais;
Mais il m'a donné l'ombre fraîche
    Et les bosquets.

Ma seule joie est dans ma lyre
    Où chaque jour
Mon âme, en s'éveillant, soupire
    Un chant d'amour.

Avec l'image de ma mère
    Mon œil se clôt,
Et je recouvre la lumière
    Toujours trop tôt!...

L'accent sacré de la prière
    Conduit là-haut;
Aussi parfois dis-je à mon frère :
    Prions tout haut.

Et d'une voix pure et légère
  Nous répétons
Ce que nous apprit notre mère,
  Et nous prions.

12 MAI 185...

Oh ! oui, je bénis Dieu de t'avoir faite belle ;
Mais les anges ont-ils une âme si cruelle?
Est-ce que tous mes soins doivent être perdus ?
Je t'ai souvent offert mon modeste domaine ;
Je t'ai souvent offert d'être ma souveraine,
            Que voudrais-tu de plus?

Faudrait-il sur ton front poser une couronne ?
Ce n'est pourtant qu'aux rois que le peuple la donne.

De rigueur contre moi, cesse donc de t'armer ;
Je vais te la tresser si tu veux me sourire ;
Je vais te la donner si je t'entends me dire :
          « Je consens à t'aimer. »

Aurais-je dû semer des fleurs sur ton passage ?
Me montrer plus timide ou peut-être moins sage ?
Quoi ! jamais dans les tiens je n'ai pu voir mes yeux !...
Parle... et ma main te donne et roses, et guirlandes,
Et parfums, et bijoux, tout ce que tu demandes :
          Un trône si je peux !...

UN PAPILLON.

O léger papillon, pourquoi n'ai-je des ailes,
Dis-le-moi,
Pour aller voltiger sur les fleurs les plus belles,
Comme toi ?

Des parfums les plus doux tu respires l'essence
Et l'odeur,
Et nourrisson des cieux, tu trouves l'existence
Dans la fleur.

Tantôt sur le jasmin, et tantôt sur les roses
             Tu t'abats,
Et si je veux toucher la tige où tu reposes :
             Tu t'en vas !

MA GRAND'MÈRE.

Quand le souffle du vent agite la feuillée ;
Au loin dans l'horizon, quand le soleil pâlit ;
Quand la lune descend sur la rose effeuillée ;
Quand la vague s'élance et quand la mer mugit ;
Quand monte la rosée et quand l'enfant sommeille
Au dernier tintement d'un lointain angélus :
Mon esprit rêve alors, dans l'instinct qui l'éveille
A ceux qui ne sont plus !...

Quand, de sa tiède haleine, une brise embaumée
Balance mollement la sueur de mon front,
Mon âme tout émue est soudain transformée :
Je songe avec tristesse à ceux qui s'en iront !...
Et mon œil, tout en pleurs, dans la voûte étoilée,
Cherche où la vertu trouve une immortalité.
Un ange me répond : « Où ta mère est allée,
        « Où ton père est monté !... »

Oh ! c'est alors à toi que je songe, grand'mère ;
A toi qui partiras pour ne plus revenir,
Et qui dans une tombe et sous l'humide pierre,
Loin de tous tes enfants, grand'mère, iras dormir !...
Non, je ne t'aurai plus ; mais j'aurai ton image
Présente à ma mémoire et présente à mes yeux,
Et pour la consulter, je n'aurai, de la plage,
        Qu'à regarder aux cieux.

LE FOU.

—

ORIGINALITÉ.

Allons, vite à la danse;
Où sont donc mes habits?
Voilà que l'on commence :
Attendez-moi, j'y suis;
Attendez-moi, vous dis-je.
Ah! ah! ah! la, la, la,
Qui danse comme ça?
Qui mieux que moi voltige?

Jadis à la Chaumière,
J'ai dansé comme vous.
On louait ma manière,
J'étais le roi des fous ;
Le roi des fous, vous dis-je.
Ah ! ah ! ah ! la, la, la,
Qui valse mieux que ça ?
Qui mieux que moi voltige ?

Allons, je suis en nage :
Que c'est sot de danser.
En amateur, en sage,
Courons nous promener !
Vive la promenade.
Ut, ré, mi, fa, sol, la :
Qui monte mieux que ça ?
Qui fait mieux la roulade ?

Je reprends ma lecture :
« Don Quichotte blessa,
« D'un coup à la figure,
« Un lion qui passa !... »
Quel homme de courage !
J'aurais aussi fait ça ;

Trala, la, la, la, la,
Sans changer de visage.

« Puis, venant par derrière,
« Le gros Sancho-Pansa
« Fut témoin oculaire
« De ce qui se passa. »
Tiens, je suis las de lire,
Plus tard j'achèverai...
Quel beau ciel azuré !
Rimons, ce ciel m'inspire.

« O ciel, séjour des anges,
« Que tu me sembles beau !
« A chaque instant tu changes
« De couleur ton manteau.
« Le soleil qui t'éclaire
« Frappe de ses rayons
« Et les mers et les monts,
« La tombe et le calvaire... »

MA PETITE SOEUR.

RÊVERIE.

Pas un nuage hier n'était aux cieux,
Mais une étoile, à la mine éveillée,
Seule y jetait son éclat lumineux
Et ravivait mon âme émerveillée.
Quand une voix soudain la rappela.
Elle pâlit et s'échappe à ma vue !
Petite sœur, qui donc me l'enleva,
Quand elle était si brillante à la nue ?

Sur un ormeau, la colombe en amour
Avait hier suspendu sa tendresse,
Et son amant voltigeait tout autour,
En roucoulant un doux chant d'allégresse.
Mais tout à coup la branche tremble et rompt,
Et la colombe, hélas ! en vole encore !...
Petite sœur, qui lui fît cet affront,
Quand ses petits allaient bientôt éclore ?...

Sur le vallon hier étaient des fleurs
Qui se jouaient au sein de la verdure,
Et dont le front, aux brillantes couleurs,
Et tout serein de sa noble parure,
Déjà marchait à l'heure du trépas !
Ah ! le soleil les a toutes fanées !
Petite sœur, est-ce ainsi qu'ici-bas
Dorénavant seront nos destinées ?

Sur le rivage hier un jeune amant
Chantait gaîment le nom de sa maîtresse,
Et murmurait, dans un accent touchant,
Un air natal, appris dans sa jeunesse,
Quand une voix, de là-haut, lui cria :
« Ne chante plus, car ta maîtresse est morte ! »

Petite sœur, explique-moi cela,
Toi que Dieu mit dans sa sainte cohorte.

Tu dois savoir ce qu'il en est là-haut :
Voilà vingt ans que ton âme y demeure !
Ah ! dis-le-moi ? Peut-être que bientôt
Tu sonneras aussi ma dernière heure !
Est-ce un démon qui consume et détruit
Ce que Dieu seul a le droit de reprendre ?
Est-ce un démon qui brise et qui maudit
Ce que Dieu seul a le droit de défendre ?

DEUXIÈME RÊVERIE.

Quand ton frère ici-bas murmure, dès l'aurore,
Un de ces chants plaintifs qui s'adressent au cœur :
C'est qu'il voit ton image ou qu'il y rêve encore,
O ma petite sœur !...

Une seconde au ciel que n'oses-tu paraître
Pour rappeler son âme aux nobles sentiments ?
Et dans tes petits yeux il trouverait peut-être
De tout autres accents.

Que n'es-tu là, ma sœur, ange saint et fidèle,
Quand je songe, en pleurant, où tous mes parents sont!
Tu viendrais, n'est-ce pas, essuyer ma prunelle,
      Ou m'embrasser au front!...

Alors tu me dirais : « Console-toi, mon frère,
« N'irons-nous pas ensemble au céleste séjour?
« Et ne devons-nous pas, ainsi que je l'espère,
      « Les y trouver un jour? »

Quand ton frère, ici-bas, murmure, dès l'aurore,
Un de ces chants plaintifs qui s'adressent au cœur :
C'est qu'il voit ton image ou qu'il y rêve encore ;
      O ma petite sœur!...

Que sa cendre à jamais
Soit par nous révérée,
Et que de longs regrets
Attristent la contrée !...

JEPHTÉ, descendant la montagne.

L'autel est préparé;
Pour Jephté tout s'apprête,
Et le glaive acéré
N'attend plus que sa tête !...

LE CHŒUR.

Noir et chagrin pesant
Pourquoi troubler nos fêtes ?
Quel destin malfaisant
Soulève les tempêtes?
L'aquilon en fureur
Agite le feuillage,
Et le conspirateur
Compose son visage.

JEPHTÉ, s'éloignant peu à peu.

Déjà sur nos forêts,
Aux cimes chevelues,
Ainsi qu'en nos guérets
La nuit descend des nues !
Plus de cris superflus.
Adieu, chères compagnes,
Je ne vous verrai plus;
Adieu, douces campagnes.

(La voix se perd au loin.)

CHANTS DIEPPOIS.

—

UNE VOIX SUR LA FALAISE.

CHANT Ier.

———

La mer était houleuse
Quand mon père est parti !
La vague furieuse
L'a peut-être englouti.

Un vent froid et sonore
Sifflait, sifflait,
Mais sa nacelle encore
Flottait, flottait.

Oh ! n'avez-vous point vu s'enfoncer dans l'abîme
Une blanchette voile, un canot, un pêcheur ?
A l'onde chaque jour il faut une victime
Comme il faut du gibier au filet du chasseur.

La mer était houleuse
Quand mon père est parti !
La vague furieuse
L'aurait-elle englouti ?
Un vent froid et sonore
Sifflait, sifflait,
Mais sa nacelle encore
Flottait, flottait.

De loin je le suivais sur les vagues rapides,
Quand tout à coup la mer se soulève et mugit.
Les flots luttent entre eux et leurs lames avides
Semblaient jurer sa mort... quand arriva la nuit.

La mer était houleuse
Quand mon père est parti !
La vague furieuse
L'a peut-être englouti !
Un vent froid et sonore
    Sifflait, sifflait,
Mais sa nacelle encore
    Flottait, flottait.

Alors je me souvins qu'un jour je vis ma mère,
Tomber à deux genoux, et, la paupière en pleurs,
Prier pour les pêcheurs en priant pour mon père :
Je priai pour mon père et non pour les pêcheurs.

La mer était houleuse
Quand mon père est parti !
La vague furieuse
L'aurait-elle englouti ?
Un vent froid et sonore
    Sifflait, sifflait,
Mais sa nacelle encore
    Flottait, flottait.

Je disais en priant : « Sauvez-le du naufrage,
« Il est allé chercher le pain de son enfant !
« Oh! sauvez-le, mon Dieu ! voici venir l'orage :
« La mort est sous ses pieds... Ah ! soyez toujours grand ! »

La mer était houleuse
Quand mon père est parti !
La vague furieuse
L'a peut-être englouti !
Un vent froid et sonore
Sifflait, sifflait,
Mais sa nacelle encore
Fottait, flottait.

Bientôt l'aube du jour vint colorer la plage ;
J'interrogeai la mer dans son morne repos ;
Mais je ne pus revoir ni canot, ni cordage :
La mort avait frappé mon père au sein des flots !...

EN FACE DE LA MER.

CHANT II.

Contempler un flot qui roule ;
Voir un vaisseau ballotté ;
Plonger dans l'immensité ;
Mêler sa voix à la houle ;
S'attacher à l'horizon ;
Voguer sur une nacelle ;

> Suivre des yeux l'hirondelle ;
> Se bercer d'illusion ;
> C'est monter aux cieux peut-être,
> C'est revivre, c'est renaître.

Assis sur la jetée, au sein de la rumeur
D'un monde émerveillé, je regardais la plage,
Et comme lui tantôt expansif ou rêveur,
Mon œil courait au loin et quittait le rivage.
Là, c'était sur la vague un reflet de soleil
Qui colorait sa lame, au lever de l'aurore ;
Elle était azurée, et son éclat vermeil
Se jouait sur la mer comme un grain de phosphore.
Au lointain, on voyait s'avancer un trois-mâts ;
Un vent léger soufflait dans sa voile blanchâtre,
Et le vieux matelot, en agitant ses bras,
Nous jetait un salut dans sa chanson folâtre,
Car encore un roulis, car encore un instant,
Et sa lèvre brûlante embrassait son enfant !...

> Contempler un flot qui roule ;
> Voir un vaisseau ballotté ;
> Plonger dans l'immensité ;
> Mêler sa voix à la houle ;

S'attacher à l'horizon ;
Voguer sur une nacelle ;
Suivre des yeux l'hirondelle ;
Se bercer d'illusion ;
C'est revivre, c'est renaître,
Et monter aux cieux peut-être.

D'un pas lent et furtif, la nuit, la sombre nuit
Vint planer sur les flots du sommet de la nue.
Le port était désert, morne, triste et sans bruit.
Mon âme alors rêva, car elle était émue,
Et je restai pensif à contempler les eaux.
La lune souriait, et sa pâle lumière
Projetait ses rayons sur de frêles radeaux.
Parfois on entendait la voix de l'onde amère
Elever son accent, comme un enfant qui plaint.
Ou c'était un oiseau qui passait sur ma tête,
En traçant, dans son vol, l'auréole d'un saint ;
Et cet oiseau, dit-on, annonçait la tempête.
— « Ah ! reste à mes côtés ! D'où viens-tu, bel oiseau ?
— « Du ciel, » me disait-il, « et je dîne sur l'eau. »

Contempler un flot qui roule ;
Voir un vaisseau ballotté ;

Plonger dans l'immensité ;
Mêler sa voix à la houle ;
S'attacher à l'horizon ;
Suivre des yeux l'hirondelle ;
Voguer sur une nacelle ;
Se bercer d'illusion ;
C'est monter aux cieux peut-être,
C'est revivre, c'est renaître.

UN TABLEAU DE LA NATURE.

CHANT III.

Que de trésors cachés ou perdus dans les mers !
Que de cadavres froids et qui nous étaient chers !
Que la foudre, en tombant, a moissonné de têtes !
Et combien de vaisseaux sombrent dans les tempêtes !
Réfléchis, mon enfant, à tout ce que tu vois :
Là, les pauvres sont morts aussi bien que les rois.

La mer ouvre son sein à tous ceux qu'elle porte :
A quoi bon se lutter quand le flot vous emporte ?
Le gouffre est éternel comme Dieu qui l'a fait,
Et l'écueil où l'on touche est un mortel arrêt!...
Ah! ne va point, enfant, te confier à l'onde,
Laisse flotter au vent ta chevelure blonde,
Et laisse aussi ton front aux baisers maternels :
Les flots sont incertains et les flots sont cruels!...

Entends-tu ce bruit sourd et ce son monotone?
L'air est humide et vif : déjà la mer frissonne.
La voilà qui grossit.... elle approche de nous,
Et sa marche rapide annonce du courroux.
Elle est verdâtre et sale, et son dos blanc d'écume
Se soulève en grondant, s'enflamme et se consume.
Elle agite en fureur son flux et son reflux ;
Elle mugit en folle et ne se connaît plus.
Dans sa colère ardente, elle remplit l'espace....
Et la vague se rompt sous celle qui la chasse.
Tiens, regarde là-bas : vois-tu la mer s'ouvrir?
La vois-tu s'affaisser?... mais vois-la rebondir...

Ah ! ne va point, enfant, te confier à l'onde,
Laisse flotter au vent ta chevelure blonde,

Et laisse aussi ton front aux baisers maternels :
Les flots sont incertains et les flots sont cruels!...
Viens plutôt à ma voix, enfant, unir la tienne,
Car ma voix a besoin parfois qu'on la soutienne.
Viens-t'en sur mes genoux, et ta petite main
Me montrera le ciel pour m'inspirer demain.

AUX ENFANTS DE DIEPPE.

—

LE CIEL.

CHANT IV.

———

Gentils enfants à la mine rosée,
Enfants des mers et des flots écumants,
Comme la fleur sourit à la rosée,
Petits enfants, souriez à mes chants.

Ma faible voix comme l'oiseau s'élève,
Pour arriver un peu jusqu'à vous tous :
Restez, restez sur le bord de la grève,
Ecoutez-moi, je veux parler pour vous.

Venez toucher de votre doigt ma lyre,
Car mieux que moi vous saurez l'éveiller;
Venez chanter, venez aussi sourire,
Ne craignez pas, osez vous approcher.

Gentils enfants, dans vos jeux d'innocence,
Vous a-t-on dit : Vous êtes sous les cieux,
Ici l'on meurt, mais là-haut l'existence
Est éternelle : on y rouvre les yeux?

Vous a-t-on dit que, sur un bleu nuage,
Il est un Dieu qui règne en souverain;
Et que ce Dieu peut apaiser l'orage
Comme il pourrait nous l'envoyer soudain?...

Vous a-t-on dit qu'à tout ce qui respire
Il sut donner et le soleil et l'air,
Et que c'est lui qui vous donne la myrrhe,
Comme aux vaisseaux il a donné la mer?

Vous a-t-on dit qu'à ses côtés des anges,
Anges qu'il prend et choisit parmi vous,
Sont chaque jour à chanter ses louanges,
Et que sa main les sanctifia tous?

Vous a-t-on dit : Mes enfants, soyez sages,
Vivre avec Dieu ne s'obtient qu'à ce prix,
Et pour aller aussi dans les nuages,
Sachez prier : priez, mes doux amis?

SOUVENIRS D'ENFANCE.

RÊVERIE.

Où donc est-il ce temps où je n'ouvrais
Qu'en souriant, le matin, ma paupière?
Où donc est-il ce temps où je fermais
Les yeux, le soir, à la voix de ma mère?

Où sont-ils donc ces beaux rêves d'enfant
Dont s'abreuvait ma jeune âme enchantée?
Comme les fleurs ils n'ont eu qu'un instant,
Et sont partis où ma mère est montée!

Je ne vais plus chasser le papillon.
L'insecte ailé murmure sur la haie ;
Et j'ai laissé croître sur le gazon
La pâquerette et la stérile ivraie.

Sur le ravin le caillou blanc et rond
Reste muet en attendant ma fronde ;
Car la tristesse en passant sur mon front
Noya ma joie au milieu de son onde !

L'oiseau roucoule, et m'indiquant son nid :
Viens, me dit-il, tu n'oses plus le prendre.
Moi, je réponds : Pour le prendre, petit,
Il faut monter et Dieu m'a fait descendre.

Mon batelet, façonné de papier,
Ne vogue plus sur les courants rapides,
Et mon cheval et mon sabre d'acier
Ont leur congé comme deux invalides.

Mon cerf-volant ne s'endort plus dans l'air,
Et mes troupiers de carton et de plâtre
Pleurent leur chef ; et mon vieux magister
S'informe encor de mon petit théâtre.

A vous, enfants, maintenant ces plaisirs :
Dieu nous les prête à tous tant que nous sommes ;
Mais vous aurez aussi vos souvenirs,
Vous les aurez, quand vous deviendrez hommes !

LA VIOLETTE ET LA ROSE.

FABLE.

Un jour la violette
Apostropha, dit-on,
D'une voix maigrelette,
La rose et son bouton
    Sur ce ton :
— « Mon Dieu, je ris, ma chère,
De ta gaîté de cœur ;
Tu te crois sur la terre

Sans rivale en odeur.
Vanité déplacée!
Stupide illusion!
Pauvre jeune insensée!
Fais donc attention
Aux fleurs qui t'environnent!
Regarde ces jasmins
Qui chaque jour redonnent
Des parfums superfins!
Vois sur sa verte tige
Ce frêle lilas blanc
Nous ouvrir, sans prestige,
Son calice odorant;
Et jette aussi ta vue
Sur cet humble muguet,
Dont la fleur presque nue
Forme un petit bouquet!
Vois cet héliotrope
Grisâtre et parfumé;
Vois comme il développe
Son pétale embaumé!
Sens-tu le doux arôme
Qu'exhale cet œillet?
Il enivre, il embaume;

Vois comme il est coquet !
Enfin, sous cette haie,
Vois ma blanchette sœur
Qui, toujours simple et gaie,
Porte aussi son odeur...
Ah ! cela te dépite !
En la créant, si Dieu
La fit simple et petite
Et la mit dans un lieu
Où souvent pousse l'herbe ,
C'est qu'il savait fort bien
Qu'elle était peu superbe,
Et que là, sans soutien,
Elle saurait à l'ombre,
Elle, toujours fleurir....
Mais toi, qu'une nuit sombre
Peut seule rafraîchir
(Car, je te le demande,
Réponds-moi franchement,
Ou mon erreur est grande,
Ou le fleuriste ment),
Sans la fraîche rosée,
Tu serais, nous dit-on,
Hélas ! vite fanée,

Et ton mousseux bouton
N'éclorait qu'à grand'peine!...
— Ah ! çà, reprit soudain
La rose assez hautaine,
Sur un ton peu benin,
Vous qui raillez les autres,
Ne peut-on vous railler?
Nos malheurs sont les vôtres,
A quoi bon criailler?
Nous, nous vivons encore
Quand vous n'êtes plus, vous !
Et la tête de Flore
Se pare à même nous.
La coquette nous cueille,
Et nous faisons salon.
Partout on nous accueille ;
Car, qui porte un grand nom
Est toujours sûr de vivre,
Et de vivre longtemps...
Un auteur dans son livre
Nous mêle à ses accents....
Mais vous, pauvre fleurette,
Qui gisez à mes pieds,
Au milieu de l'herbette,

Ah ! vous vous écriez
Bien trop fort, jeune sotte !
A quoi vous servira
De parler de la sorte ?
De vous on se rira !
Quand on est si petite,
Et si frêle surtout,
On reste dans son gîte,
Et l'on se tait sur tout.
— Insolente ! me taire !
Vous auriez trop beau jeu !
— Calmez votre colère,
Calmez-vous donc un peu.
— Mais, savez-vous, pédante,
Que j'ai souvent l'honneur,
Sur le sein d'une amante,
De battre avec son cœur ;
Qu'au printemps, la première
Je fleuris, et qu'enfin
Vous n'avez pas, ma chère,
Un arôme aussi fin ? »
La lutte aurait peut-être
Continué, si Dieu
L'avait voulu permettre.

Mais un nuage en feu
Et bientôt un orage
Mirent à la raison
(Et c'était le plus sage
En cette occasion)
Nos jeunes querelleuses.
L'une, par le torrent
Des ondes furieuses,
Au loin, dans un instant,
Fut bientôt entraînée;
Et l'autre, par le vent,
Fut battue et fanée
Dans le même moment!

C'est ainsi qui l'on voit deux femmes qui sont belles,
Dans un instinct jaloux se disputer entre elles.

ENCORE UNE BLUETTE.

Si notre plus doux rêve
Ne doit plus s'achever,
Quand la mort nous enlève :
A quoi sert de rêver ?
A quoi sert une étoile,
Si Dieu la fait pâlir ?
A quoi sert une voile,
Si la mer veut mugir,

Si notre foi sincère
S'abuse à quelque vœu ?
A quoi sert qu'on espère,
Si le ciel n'est qu'à Dieu ?
A quoi sert un rivage,
Si l'ondé se tarit ?
A quoi sert un feuillage,
Si l'oiseau dépérit ?
A quoi sert une mère,
Sans breuvage à son sein ?
Puis à quoi sert la terre,
Si son fruit est malsain ?
A quoi sert la faucille,
Sans un blé qui mûrit ?
Puis à quoi bon qu'il brille,
Si le ciel s'obscurcit ?
A quoi sert, chose étrange,
De s'aimer ici-bas,
Quand tout se brise et change
Aux portes du trépas ?
Puis à quoi sert de dire :
« Je t'aime, » si ce mot
Naît et souvent expire,
Ou s'enfuit comme un flot ?

DEUX VOIX.

Hier, Léon, ce jeune et bel enfant,
Que l'on voyait si gentiment sourire,
Sur mes genoux sautillait en chantant,
Et, dans son chant, cet enfant semblait dire :

« Je suis heureux, et mon réveil est pur
« Comme les fleurs avec l'aurore écloses ;
« Tout à mes yeux paraît brillant d'azur :
« J'aime les cieux, et je cueille des roses. »

Je répondais : « A ton âge, Léon,
  « On est heureux ; on ignore les larmes !
  « Ah ! puisses-tu, dans une autre saison,
  « Chanter encore avec tes mêmes charmes ! »

Hier, Léon, ce jeune et bel enfant,
Que l'on voyait si gentiment sourire,
Sur mes genoux sautillait en chantant,
Et, dans son chant, cet enfant semblait dire :

  « Vois-tu là-bas mon cheval en repos ?
  « Vois-tu ma couche où jamais je ne rêve ?
  « Vois-tu ma tour, montée en dominos ?
  « Mais un de plus la détruit ou l'achève !... »

Je répondais : « Mon petit, cette tour,
  « C'est le tableau de l'existence humaine :
  « Elle est debout ; mais ne mets rien autour,
  « Ou comme nous le moindre rien l'entraîne !...

Hier, Léon, ce jeune et bel enfant,
Que l'on voyait si gentiment sourire,
Sur mes genoux sautillait en chantant,
Et, dans son chant, cet enfant semblait dire :

« C'est dans le ciel que je cherche à trouver
« Pour mes yeux bleus la riante peinture ;
« Et c'est surtout à force d'observer
« Que j'entrevois le Dieu de la nature. »

Je répondais : « C'est aussi dans le ciel
« Que j'entrevois l'image de ma mère,
« Image sainte à moi, pauvre mortel,
« Guide à mes pas peu marqués sur la terre ?... »

UN SOUVENIR DE JEUNE AGE.

Honneur à la vertu dont la grandeur succombe !
Respect, ô mes enfants, à l'herbe de sa tombe !
Ne courez pas ainsi dans les champs du repos ;
Ne jouez point parmi ces crânes et ces os !
La profanation est la sœur du blasphème ;
Dieu regarde, arrêtez : c'est le juge suprême !
Non, n'allez pas plus loin, rétrogradez plutôt :
Hélas ! ignorez-vous que Dieu voit tout d'en haut ?

Sortez de ce saint lieu, sortez, vous dis-je, arrière...
N'approchez plus, enfants, ci-gît... ci-gît... ma mère!...
Des pleurs et non des jeux ; des pleurs et non des ris :
Pour protéger sa tombe elle a laissé deux fils.

Oh! ne profanez point son petit coin de terre !
Qu'elle repose en paix, sous le marbre ou la pierre
Qui recouvre à jamais ses restes précieux ;
Je suis leur défenseur et j'en suis glorieux.

Ah! si Dieu, mes enfants, vous prenait votre mère,
Comme il a pris la mienne (et cela peut se faire),
Si Dieu la trouvait bonne et qu'il vous l'enlevât ;
Si Dieu la trouvait douce et qu'il vous en privât
(Et ce malheur, hélas ! vous l'avez tous à craindre),
Oui, nuit et jour ma voix serait là pour vous plaindre !..

Mais vous êtes, mon Dieu ! dociles et soumis ;
Venez, mes beaux enfants ; venez, mes doux amis,
Entendre par ma voix ce que me dit ma mère
Quand la cruelle Mort vint fermer sa paupière,
Et quand Dieu n'ayant plns d'ange assez pur au ciel
La prit pour allumer l'encens sur son autel !...

Pâle et les yeux mourants, d'une voix haute et claire,
Ma mère avait déjà, dans sa douleur amère,
A toute sa famille adressé ses adieux :
L'ange allait expirer, mais pour revivre aux cieux !...
Quand soudain les enfants qu'elle avait mis au monde
Vinrent renouveler sa tristesse profonde !
Ne devait-elle pas, à ses derniers moments,
Près de ne plus les voir, voir encor ses enfants ;
Caresser de sa main leurs têtes agaçantes
Et poser sur leurs fronts ses lèvres pâlissantes ?...
Elle l'a fait, amis, et son dernier baiser
Fut pour ceux qu'elle aimait et qu'elle allait quitter !...

J'approchai de son lit de mort et de souffrance
Avec cette gaîté si commune à l'enfance !
Ah ! c'est que j'étais jeune, et j'ignorais, hélas !
Ce que c'est qu'une mère aux portes du trépas ;
C'est que, toujours distrait et sans cesse volage,
J'étais loin de penser que la foudre et l'orage
Pussent, en un clin-d'œil, engloutir tant de fleurs,
Faire tant d'orphelins et briser tant de cœurs !...
J'ignorais, en un mot, ce que c'est qu'une femme
Qui parle à son enfant avant de rendre l'âme ;
Et qui contre son sein que la mort refroidit,

Le presse tendrement, l'embrasse et le bénit !...

J'approchai... C'est alors, ô mon Dieu !... que ma mère
Sembla, les yeux aux ciel, murmurer la prière,
Et que sa faible voix, en montant jusqu'à vous
Demandait à rester un instant avec nous !...
Puis, rabaissant du ciel sa paupière mourante :
« Ah ! que la mort, dit-elle, est cruelle et méchante !
« Je vais donc te quitter pour ne plus te revoir,
« O mon petit enfant, ma joie et mon espoir !...
« Là-haut on ne meurt pas : t'y reverras ta mère !
« Adieu, mon fils, je touche à mon heure dernière ;
« Adieu, je sens déjà les frissons de la mort ;
« Adieu, mon cœur s'éteint... et ma douleur s'endort !

Elle dit ; et la Mort insensée et farouche
Eteignit son œil morne et referma sa bouche !
Ma mère n'était plus ; mais je disais bien bas :
Pas de bruit, elle dort ; ne la réveillons pas.

AU LECTEUR.

Ici, lecteur, finit mon livre.
Mais combien vais-je en étonner?
Les uns diront que j'étais ivre
Quand je me suis fait imprimer;
Et les autres, sans me connaître,
Et sans la moindre charité,
Qu'il faut m'envoyer à Bicêtre,
Dans l'intérêt de ma santé.

Enfin, chacun, sur mon ouvrage,
Par-ci, par-là, mettra son mot ;
Mais le plus souvent, je le gage,
On me laissera pour un sot.
Un sot !... mieux vaut dire : une bête !
Le substantif est plus précis,
Le livre est mort : la paix est faite,
Et l'auteur sent qu'il est compris.

Aussi j'accepte, par avance,
Tout ce que l'on dira de moi.
J'entre à Paris à toute chance,
Et je me déclare à l'octroi.
Mais toute bête, à la barrière,
Trouve, dit-on, des acheteurs....
Trouverai-je chez mon libraire,
Ce que d'autres trouvent ailleurs ?

FIN.

TABLE.

—

Une Reine Marguerite. 1

Stances. 3

La Prière du soir. 5

A mon Frère 9

Une Muse. 11

A mon Père. 17

Huit pour un Jour. 19

Soter ou le Chien du Pêcheur. 31

Une Bluette.. 39

12 Mai 185... 43

Un Papillon.. 45

Ma Grand'Mère. 47

Le Fou. 49

Ma petite Sœur. 53

Deuxième Rêverie. 57

Jephté.. 59

Chants dieppois. 63

En face de la Mer. 67

Un Tableau de la Nature. 71

Aux Enfants de Dieppe. 75

Souvenirs d'Enfance. 79

La Violette et la Rose. 83

Encore une Bluette. 89

Deux Voix. 91

Un Souvenir de jeune âge. 95

Au Lecteur. 99

Paris. — Imp. de Pommeret et Moreau, 17 q. des Augustins.

Paris. — Imprimerie de Pommeret et Moreau, quai des Augustins, 17.

9 782019 200695